大偵探
福爾摩斯

————— 太陽的證詞 —————

SHERLOCK HOLMES

頭腦靈活、
知識豐富、
分析力強，
可在混亂一片的
犯案現場中
重組犯案的經過。

身手敏捷、
精於拳術，
據傳其出拳力度
可達120公斤！

喜愛音樂和閱讀，
小提琴技藝已達
演奏級。

目光銳利、
槍法如神、
觀察力也超強，
能捕捉迅速移動的
物體，以避過攻擊，
又能在犯案現場
發現警方常常
忽略的線索。

奔跑速度極快，
只需11秒就能
跑完100米。
彈跳力也很厲害，
足可與專業
籃球員比擬。

福爾摩斯

居於倫敦貝格街221號B，
史上最著名的私家偵探。

華生

曾是軍醫，為人善良又樂於助人，是福爾摩斯查案的最佳拍檔。

李大猩&狐格森

蘇格蘭場的孖寶警探，愛出風頭，但查案手法笨拙，常要福爾摩斯出手相助。

愛麗絲

房東太太親戚的女兒，為人牙尖嘴利，連福爾摩斯也怕她三分。

小兔子

扒手出身，少年偵探隊的隊長，最愛多管閒事，是福爾摩斯的好幫手。

少年偵探隊

流落倫敦街頭的街童，聽令於小兔子，最擅長收集街上的情報。

艾文

倫敦大學天文系教授。

黛絲

倫敦大學學生，艾文教授的助手。

亨特

倫敦大學天文系系主任。

特朗德

倫敦大學天文系學生。

寶兒

艾文教授的愛犬。

大偵探
福爾摩斯
———太陽的證詞———

日環食

「啊……啊……啊……」

艾文舉起 **日食觀測板**，看着太陽一點一點地被月亮的黑影遮蓋時，不禁發出了 **驚喜交集** 的呼叫。

然而，艾文的愛犬寶兒卻一臉納悶地伏在他的身邊，只是每當聽到他自言自語時，才會好奇地抬起頭來，看看主人那副傻乎乎的樣子。

艾文一邊看着黑影的移動，一邊在早已繪好的日環食觀測圖上記下時間。最後，他深深地吸了一口氣，屏息靜氣地等待着高潮的來臨。

　　「啊──！終於來了！終於來了！寶兒！看到嗎？終於來了！」艾文不自覺地放下保護眼睛的觀測板，舉頭看着他期待已久的一刻。他知道，如果錯過了此刻，在餘下的生命中，他將永遠不能再看到這個天文奇景了。

　　寶兒聽到主人喚牠的名字，只是「哼」的一聲往主人瞥了一眼，然後又百無聊賴地伏下頭來。

月亮的黑影終於佔據了太陽的正中。就在此刻，天空之中突然出現一個金黃色的光環，俯

視着人間大地的萬物。這，就是艾文自當上天文學家以來夢寐以求的奇景——日環食！

⑦

「太美麗了！」艾文失聲讚歎，但他不忘看看懷錶，並記下了時間。接着，他呆呆地看着天上的金環，待時間一分一秒地過去。不一刻，月亮的黑影已偏離了金環，艾文馬上又在日環食觀測圖上記下了時間。

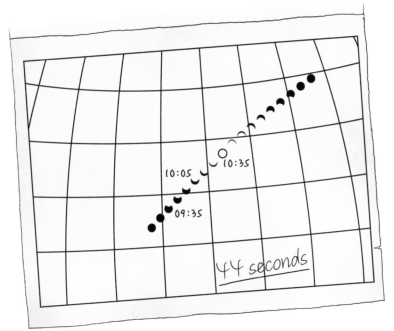

「44秒！只停留了44秒！跟我計算的只差3秒呢。」艾文興奮地 自言自語 。接着，他又舉起觀測板，看着月亮的黑影逐漸偏離太陽而去。

「 汪汪汪汪！ 」

突然，寶兒「 霍 」的一聲站起來，向着不遠處的 巨石陣 吠去。

「怎麼了？日環食已完啦，現在叫也叫不住了啊。」艾文打趣地向寶兒說道。

寶兒當然聽不懂主人的玩笑，牠豎起耳朵，又「汪汪汪」地吠叫三聲，然後，兩條後腿一蹬，就往巨石陣奔去。

　　「嗨！寶兒！你要去哪裏啊？」艾文連忙呼叫。可是，寶兒並沒有理會主人的呼喊，依然一鼓勁兒地奔向其中一柱巨石。

　　當寶兒跑到那柱巨石旁時，突然「咚」的一下悶響傳來，同一瞬間，牠凌空打了個跟頭，「啪噠」一聲倒下，掙扎似的顫動了幾下，然後就躺在地上再也不動了。

　　艾文大驚，馬上跑過去看個究竟。可是，當他

地跑到寶兒身旁時，突然，一個人從巨石後面閃出，把他嚇了一跳。

「什麼人？」艾文喝問。

那人背向太陽，在**背光**的情況下，艾文霎時間無法看清楚對方的樣貌。

「你對我的寶兒幹了什麼？」艾文再問。

那人無言地逼近兩步，突然舉起一條棒狀似的東西，直向艾文的頭頂轟下去！

星座與性格

　　難得好天，華生拉福爾摩斯到貝格街附近的公園去散步。不巧的是，竟碰到愛麗絲和一眾少年偵探隊的隊員圍坐在草地上，好像正在討論着什麼。

　　「啊！福爾摩斯先生，你來得正好。」愛麗絲看到大偵探走近，連忙站起來呼喚。

　　「怎麼了？」福爾摩斯斜眼看着愛麗絲，「我早已交了房租啊。不相信的話，可以問問房東太太。」

　　「哎呀，怎麼一看到我就想起交房租，難道我的臉上寫着房租兩個字嗎？」愛麗絲一本正經地說，「我們正在研究星座與性格的關係，想你和華生醫生也來測試一下，看看準不準確。」

　　「什麼？你們竟然這麼無聊，相信這種玩意？」福爾摩斯沒好氣地說。

　　「一點也不無聊，很準的啊。」小麻雀拿着一本破爛的雜誌，指着雜誌上的星座欄說，「我是白羊座，受火星影響，所以這個星座的人性格開朗、很健談。我確實是開朗又健談的啊。」

　　「嘿嘿嘿，是嗎？」福爾摩斯冷笑，「你只是吱吱喳喳地愛說話，最會從左鄰右里的主婦中套

取哪兒有便宜貨的情報罷了。」

「不，說我的也很準啊。」小樹熊
說，「我是雙子座，主管這星座的
是水星，所以性格穩重，做事不會急
躁，而且還很合羣呢。」

「嘿嘿嘿，是嗎？」福爾摩斯冷
笑，「你動作緩慢，當然很『穩』啦，
這麼慢想急躁也急不來呢。此外，你合羣是因
為你太慢了，大家都沒在意你的存在啊。」

「那麼，我又怎樣？」小胖豬說，
「我是金星守護的金牛座，所以
性格小心謹慎，作風低調不愛出風
頭，但在緊急關頭就會挺身而出。」

「嘿嘿嘿，是嗎？」福爾摩斯冷
笑，「你低調是因為你怕事而已。當然

囉，到了緊急關頭逃不掉的話，就要被迫出頭了。」

「哈哈哈，福爾摩斯先生說得好！他們的性格都有缺點呢。」小老鼠說，「但**巨蟹座**的我可不同，我性格爽快，重視效率，所以深得眾人喜愛呢！」

「嘿嘿嘿，是嗎？」福爾摩斯冷笑，「你只是精力過剩，像盲頭蒼蠅般喜歡**亂衝亂撞**罷了，與性格爽快可是兩回事啊。」

「那……那麼我……我呢？」阿猩**戰戰兢兢**地說，「我是**水瓶座**，受**天王星**支配，所以天生膽子大，天不怕地不怕。不過，據說也有很**感性**的一面。」

「哇哈哈哈！」福爾摩斯大笑，「你確是膽子大，但說你很感性就完全錯誤啊！你只是**愛哭**罷了。」

「我呢！我又怎樣？」愛麗絲跳出來說，「我是受**海王星**支配的**雙魚座**，這個星座的女人有藝術天分，深受朋友喜愛。更重要的是，雙魚座的人都有**主見**，定了目標就永不放棄。」

「你……嗎？」福爾摩斯摸摸自己的下巴，斜眼看着愛麗絲說，「唔……確實說得有點準呢。」

「嘻嘻嘻，看！終於有一個準了。」愛麗絲在一眾隊員面前**喜形於色**。

「其實……」福爾摩斯欲言又止。

「其實什麼？」愛麗絲問。

「其實，我只是說星座分析有點準。但那個分析也可以說成——這個星座的人會令人**敬而遠之**，因為她是個堅持己見，看準目標就死咬不放的**固執鬼**！你追人家收租時，確實是那樣呢。」

「什麼？」愛麗絲氣得**七孔生煙**。

「哇哈哈哈，說對了吧？我的分析比星座還要準呢。」福爾摩斯得意洋洋地說。

「……」華生一直聽着，只能無言以對。

「你們說，這個欠租偵探是否太過分了？」愛麗絲向一眾少年偵探隊的隊員揚聲問道。

「**是！太過分了！**」眾人齊聲怒號。

「他是不是**欠揍**？」愛麗絲再大聲問。

「是！」

「那麼⋯⋯」愛麗絲說到這裏，突然轉過頭來指着福爾摩斯，「**上！**」

「**上！**」

「**上呀！**」

「**揍呀！**」

隊員們和愛麗絲一起，紛紛撲向福爾摩斯，一股勁兒把他推倒，然後騎在他身上，亂揍起來。

「**哇呀！** 放過我吧！我投降了！」福爾摩斯大叫。

華生知道他們只是在玩耍，並沒有勸阻，還撿起小麻雀扔在地上的那本舊雜誌，看着星座欄唸道：「**山羊座**受**土星**支配，為人有勇有謀，

常有**見義勇為**之舉，可惜性格偏執又恃才傲

物，故應小心 **口舌招尤**，以免惹禍上身。」

　　愛麗絲聽到，馬上停手，轉過頭來問道：

「華生醫生，你說的是哪個星座？」

「山羊座。」

「那是誰的星座？」

「嘿嘿嘿，還有誰？當然是**欠揍**的那位先

生啦。」華生吃吃笑地說。

　　「**啊！我明白了！**星座分析真的很準

啊！」愛麗絲說完，轉過頭去又再高聲指揮，

「他口舌招尤，是自己惹禍上身，活該！我們用搔癢功，讓他笑死！」

一眾隊員在愛麗絲的號召下，使勁地為倒在地上的福爾摩斯搔起癢來。

「哇哈哈哈！好癢呀！救命呀！我投降了！哈哈哈哈！」福爾摩斯大叫又大笑。

「喂！你們在幹什麼？」突然，他們身後響起了一個熟悉的聲音。

眾人回頭一看，原來是小兔子來了，他身旁還站着一個年輕女子。

福爾摩斯趁機擺脫小傢伙們的糾纏，一個翻身站起來，拍一拍身上的塵埃，然後裝模

作樣地咳了一聲，說：「沒什麼，我們只是在玩星座測性格的遊戲罷了。」

「對，福爾摩斯先生的星座顯示，他恃才傲物，容易**口舌招尤**。」小麻雀煞有介事地說。

「這位……就是福爾摩斯先生嗎？」那個年輕女子有點不敢相信自己的眼睛。

「對！他就是倫敦最著名的**私家偵探**！而我嘛，嘿嘿嘿……」小兔子一頓，用拇指指着自己的胸膛**自賣自誇**，「就是倫敦最著名的少年偵探隊隊長小兔子！」

「可是……他怎會跟街童在地上扭打起來呢？」年輕女子臉露困惑的表情問道。

「小姐，你誤會了。他們只是在玩耍罷了。」華生笑道。

「對！那些街童都是**少年偵探隊**的隊員，

即是本人的手下。」小兔子朗聲道,「福爾摩斯先生破了那麼多大案,全靠我們在背後協助。」

「喂!小兔子,不要**亂吹牛皮**啊。」福爾摩斯不滿地喝止。

「嘻嘻嘻,我沒亂吹,只是落力**推銷**罷了。」小兔子**嬉皮笑臉**地說,「看!我還為你帶來了生意呢。」

說完,小兔子把年輕女子拉到大偵探的面前:「這位是**黛絲小姐**,她是倫敦大學的學生,老師最近被人殺了,想你幫忙找出真兇。」

「**啊!**」愛麗絲和一眾隊員聽到有人被殺,馬上緊張起來。

「有這種事嗎?最近的報紙好像並沒有這宗

新聞啊。」福爾摩斯說。

「因為警方認為那是 意外 ，所以報紙都沒報道。不過……當中有太多疑點……」黛絲小姐說。

「啊？難道你懷疑是一宗 兇殺案 ？」福爾摩斯顯得興味十足，「那麼，我們到街

頭的露天茶座一邊喝茶一邊談吧。」

聞言，小兔子馬上擋在前面：「那我們怎辦？」

「你們怎辦？我怎知道。」福爾摩斯說，「自己去玩吧，別妨礙大人談正經事。」

「我是 介紹人 啊，總得有點表示吧。」小兔子斜眼看着大偵探，攤開手掌說。

「什麼？黛絲小姐本來就是來找我的，還用你介紹嗎？」

「她找不到你，就會走啊。沒有我帶過來，你還在挨揍呢。」小兔子把下巴抬得高高的，再把手掌伸前一點。

「算了、算了。破財擋災，怕了你。」福爾摩斯掏出一個金幣扔過去，「拿去買糖果和大家一起吃吧。」

「嘩！發達啦！」小兔子接過金幣，馬上一溜煙似的跑走了。

「喂！獨食難肥呀！等等我們呀！」愛麗絲和隊員們頭也不回地跟着跑去。

天文學教授之死

「幸好那些頑童走了，否則想安靜一點也難啊。」福爾摩斯在茶座坐下來後，歎了一口氣說。

「嘿嘿嘿，誰叫你用那麼**刻薄**的說話去挖苦他們。」華生笑道，「星座說你**口舌招尤**，真的沒說錯呢。」

「哼！星座只是與天文學有關，又怎能和人的性格混為一談呢。」

「天文……？」黛絲感到意外，「真巧，我找你們調查的案子，也和天文有關啊。」

「什麼意思？」福爾摩斯好奇地問，「兇殺案又怎會和天文有關？」

「沒有直接關係。」黛絲連忙搖搖頭，「不過，我那位遇害的老師名叫艾文，是一位天文學教授。他死的時候，又正好是日環食出現的那一天。」

「啊？日環食？」福爾摩斯瞪大了眼睛，「那是**4月5日**，即是7天前吧？英國上空出現百年難得一遇的日環食，我記得報紙都作了大篇幅的報道。」

「是的。」黛絲點點頭，「我是艾文教授的兼職助手，那一天他對我說會去觀測日環食，沒想到卻伏屍**巨石陣**附近。根據警方說，他是失足摔死的。」

「警方有何根據作出這個判斷呢？」

「因為他倒臥在巨石陣的壕溝內，頭部近**太陽穴**附近因撞擊而流血，而屍體旁邊有一塊石頭也染了血。看來，他就像**摔倒**後撞到石頭上而死。」黛絲說，「而且，警方還在他的**拷包**內找

27

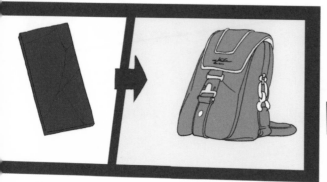

到一塊碎裂了的**日食觀測板**、一本關於日食的**書**，和一本10吋Ⅹ 7吋大小、他常用的**筆記本**。」

「這麼說來，他真的是去了看日環食呢。」華生插嘴道。

「警方認為一個人在陌生的地方**失足**很常見，所以判定教授是死於意外。」黛絲說。

「那麼，你為何質疑警方的判斷？」福爾摩斯問。

「因為，警方叫我去檢查教授的遺物時，我在他的筆記本上和他的遺物中，沒發現他**觀測日環食的記錄**。」黛絲說，「教授的目的是去看日環食，他是不可能不作記錄的。」

「這並不奇怪，可能他在日環食出現前已死了，所以就不會留下記錄了。」福爾摩斯說。

「這個我也想過，但引起我最大懷疑的，是他的愛犬**寶兒**不見了。」黛絲說，「他出發去看日環食的當天早上，我剛好在研究室門口碰到他，當時他是帶着寶兒的。但警方在意外現場附近並沒有發現牠的**蹤影**。」

「會不會是牠看到教授摔死了，所以就離開了？」華生問。

「不會。」黛絲一口否定，「寶兒是一隻很**忠心**的狼狗，牠不會拋下主人離開。」

「有道理。」福爾摩斯也同意，「狗是很忠心的動物，就算主人死了，大多都會留在原地

不肯離開的。」

「那麼，牠究竟去了哪裏呢？」華生問。

「這就是可疑的地方。」黛絲說，「後來警方還到教授的家中搜查，結果也沒發現寶兒的蹤影。」

「唔……」福爾摩斯想了想，「但也不能單憑這一點，就斷定艾文教授是死於他殺啊。」

「是的。」黛絲說，「可是，在教授被殺的

前一晚，他在大學的研究室被人爆竊，你不覺得很奇怪嗎？」

「爆竊？教授的研究室有很值錢的東西嗎？」福爾摩斯問。

「沒有，艾文教授是個窮學者，把所有薪水都花在研究上，學校裏的人都知道他沒有

30

錢。」黛絲說，「研究室中最值錢的就是一個**單筒望遠鏡**和幾枝**鋼筆**，這些都給賊人偷走了。」

「把望遠鏡和鋼筆拿去賣，大概也可以賣到幾十鎊，對小偷來說也很吸引。」華生說，「所以，也不能說爆竊與教授的死有關啊。」

「研究室在研究院的**3樓**，小偷是攀上3樓，然後打爛向街的**玻璃窗**闖進去的。」黛絲說，「小偷要爆竊的話，為何不向地下或2樓的房間下手呢？」

「這麼說來，確實**可疑**。」福爾摩斯問，「所以你認為小偷不是為了盜竊**財物**？」

「這個……我也不敢肯定。」黛絲有點猶豫，「但總覺得那個小偷的行為**不合常理**。」

「如果不是為了錢，賊人偷走望遠鏡和鋼筆就是想掩飾**真正的目的**了。」華生推測。

「有道理，小偷的目的或許是想偷**其他東西**。」福爾摩斯說。

「我仔細地檢查過，除了剛才提及的東西外，看來並沒有重要東西被偷去。」黛絲說，「研究室的日常打理都由我負責，我很清楚室內的物品。」

「東西重要與否，是**因人而異**的。」福爾

摩斯說，「譬如說，對華生來說，他的**懷錶**很重要，因為那是他**父親**的**遺物**。但對我們來說，那只是一隻不太值錢的舊錶。又譬如，對一個富二代來說，父親分配遺產的**遺囑**很重要，但對我們來說卻**一文不值**。」

「我從沒想過這一點呢。」黛絲恍然大悟，「你懷疑研究室之中有一些**不起眼**的東西，對那個小偷來說很重要。是嗎？」

「沒錯。」福爾摩斯說，「如果教授之死真的與爆竊有關，我們只要在研究室中找出不起眼、卻又不見了的東西，說不定就能**鎖定疑犯**了。」

2017年的日全食

　　一個小時後，三人來到了倫敦大學的研究院。

　　黛絲在研究室的門前深深地吸了一口氣，才伸出不斷顫抖的手，用鑰匙打開了門。

　　「你沒事吧？」福爾摩斯問。

「沒事。」黛絲臉帶哀傷地說，「只是……一打開這道門，就令我想起艾文教授平日那慈祥的樣子……」

華生心想，黛絲與艾文教授的感情一定很好，於是安慰道：「有你這樣一位高足**鍥而不捨**地追查他的遇害真相，相信教授**在天之靈**也會感到很安慰呢。」

「不，我並不是他的高足。我是**文學**系的，對天文學**一竅不通**。」

「啊？」華生感到疑惑，「那麼，你為何會當上他的助手呢？」

「因為……教授從大學職員口中知道我需要賺錢交學費，才特意自費聘用我的。」黛絲有點腼腆地說，「後來我才察覺，其實他並不需要一個助手。」

「原來如此。」福爾摩斯說，「艾文教授一定是個大好人。」

說着，福爾摩斯走去看了一下被打爛的窗戶。黛絲**所言不虛**，窗戶向街，要打爛它，必須沿水管攀上來。小偷確是**捨易取難**，她起疑心是有道理的。

接着，福爾摩斯又用放大鏡仔細地檢視了窗沿，發覺並沒有留下被踏過的**痕跡**，看來那個小偷很小心，在離開時已

把鞋印抹得**一乾二淨**。從這一點看來，要找到小偷留下**指紋**的機會非常渺茫。

「小偷什麼線索也沒留下呢。」福爾摩斯有點失望，「現在只能從這個房間裏的東西着眼，推測一下那個小偷除了那個**單筒望遠鏡**和幾枝**鋼筆**外，還偷了些什麼。」

聞言，黛絲馬上再仔細地檢查房中所有物品，甚至連書架上的每一本書都數了一遍，結果還是找不到什麼其他東西被偷了。

「唔，什麼也沒被偷嗎……」福爾摩斯沉吟半晌，突然**眼前一亮**，「我太大意了，小偷闖進來不一定是偷東西，也可以是**盜取情報**呀！」

「盜取情報？什麼意思？」華生摸不着頭腦，「那只是個小偷，不是**間諜**啊，又怎會跟

情報扯上關係？」

「嘿嘿嘿，我不是說過嗎？富二代都想看父親訂立的**遺囑**，因為遺囑的內容對富二代來說，就是很重要的情報。所以，情報並不一定與間諜有關。」

「可是，這裏藏有什麼重要情報，會令一個天文學教授招來**殺身之禍**呢？」華生質疑，「天文學的研究與物理和化學等**實用學科**不

一樣，很難即時為企業帶來利益的啊。」

「華生醫生說得對，據我所知，艾文教授從沒跟什麼企業來往，他的研究應該不會涉及**商業利益**。」黛絲說，「而且，他的生活圈子離不開這間大學，接觸的人除了**教職員**外，就是他的**學生**了。」

「是嗎？他的生活圈子竟然這麼狹窄？」福爾摩斯想了想，「不過圈子窄代表調查範圍也窄，我們可以來個**角色扮演**，然後**順藤摸瓜**找出疑犯。」

「角色扮演？」黛絲感到疑惑。

「對。」福爾摩斯問道，「如果你是他的學生，知道這裏沒有值錢的東西，那麼，你會對什麼感到興趣呢？」

黛絲歪着頭想了一會，突然眼前一亮，馬上

走到書架前取下一個箱子，說：「這箱是應屆學生的<u>畢業論文</u>，如果我是學生，一定會對教授的 評分 很感興趣！因為我知道，學生們都在等待評分的結果。」

「是嗎？這可是重大發現呢。」福爾摩斯顯得很興奮，「畢業論文的評分可決定能否畢業，這對學生來說是非常重要的 情報 啊。看看論文，或許能找出什麼線索呢。」

福爾摩斯說着，隨手從箱子中拿出一份論文，只見封面上寫着**考究**的**題目**和**年份**。

全食帶位置的考究
考究年份：2001年

　　接着，他打開了論文翻閱，但看到的全是一些複雜的**數式**和**圖表**，顯示**太陽**、**月球**和**地球**運行時的相互位置，從而計算出日全食出現的年月日和時間，以及**全食帶**覆蓋的範圍。

　　福爾摩斯草草看完後，又逐一翻閱了其他論文，並邊翻邊說：「看來艾文教授出了一個題目，要他的學生運算出指定年份的**日全食**和**全食帶**出現的**時間**和**位置**呢。這些學生獲得的評分都不錯啊，最差的也有75分。」

　　「是嗎？都已評好了分嗎？」華生伸過頭來窺視了一下，「好複雜的計算啊，我完全看不懂。」

「唔？這一份評分好高，足有90分。」福爾摩斯的眼睛停留在一份論文上，「它計算的是2017年8月21日出現的日全食。這個叫特朗德的學生也太厲害了，竟然能計算出一百多年後的結果。」

2017年8月21日的日全食圖

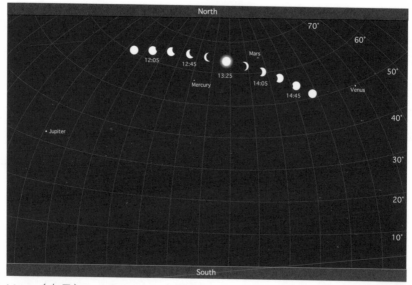

Mars（火星）　　Mercury（水星）
Venus（金星）　　Jupiter（木星）

偷龍轉鳳

「特朗德嗎？我認識他。」黛絲感到有點詫異，「他是天文系著名的*花花公子*，因為長得英俊，又是貴族出身，頗受女生們的歡迎。不過，我聽艾文教授提過，說他是個非常**懶散**的學生，常常**曠課**，成績很差。」

「可能他最近勤奮了吧。」華生說，「我唸大學時，也是接近考試時才發力啊。」

「這個就不清楚了。但說起他，我又想起一件事。」黛絲說，「**我發現這裏被爆竊的那一天，他也在場。**」

「什麼？他也在場？」福爾摩斯頓起疑心。

「是。」黛絲回憶道，「那是日環食出現後的第二天，我以為教授回來了，就走來看看，卻在樓下碰到特朗德。他說在家後院看完日環食，想向教授報告觀測的結果。」

「那很正常，作為一個**天文系學生**，一定對日環食感興趣吧。」華生說。

「是的，所以我當時**不以為意**。」黛絲說，「不過，現在想起來卻覺得有點奇怪，因為四年級生完成畢業論文後，已不用上課和交功課了。這麼愛**曠課**的學生，又怎會主動來找教授報告觀測日環食的結果呢？」

「確實有點奇怪。」福爾摩斯問，「你在樓下碰到他，之後怎樣？」

「之後，我們一起上來這裏找教授，但發現

教授不在，卻看到**窗戶的玻璃**被打爛了。」黛絲說，「於是，我馬上走去校務處報告。」

「你去校務處時，那個特朗德也和你一起去嗎？」

「沒有，他待在這裏看守着，直至我和校務處的人回來後，他才離開。」

「唔……」福爾摩斯沉吟半晌，「就是說，那個特朗德有一段短時間**獨自**留在這個房間裏，他可以自由地幹他想幹的事。」

「啊？你懷疑他不是來向教授報告觀測結果，而是**另有目的**？」華生緊張地問，「那麼，他的目的是什麼？」

「嘿嘿嘿……」福爾摩斯說，「現在還不敢肯定，但只有**兩個可能性**。

①把晚上遺留在這裏的東西取回，以毀滅曾經闖進來爆竊的證據。
②把曾經偷走的東西放回去。

「啊！你的意思是，**特朗德就是那個**

小偷？」黛絲驚訝地問。

　　「如果你對他的描述沒錯的話，他的疑點非常大。」福爾摩斯說，「一個**懶散**的學生不會忽然變得勤奮，成績也不可能在一夜之間**突飛猛進**。」

　　華生想了想，問道：「第①點容易明白，第②點是什麼意思，他偷了什麼，又放回什麼？」

　　福爾摩斯狡黠地一笑：「當然是偷走原先評分差劣的**論文**，放回一份評分高的論文啦。」

「你是說**偷龍轉鳳**？」華生質疑，「但一個學生今天寫不出好的論文，明天也一樣寫不出呀。他何來一篇可獲高評分的論文呢？」

「嘿嘿嘿，你的質疑很合乎邏輯，但有一個**盲點**。」

「什麼盲點？」

「還不明白嗎？**特朗德寫的這份論文你看得懂嗎？**你怎知道值90分？」

華生想了想，終於恍然大悟：「啊⋯⋯你的意思是，分數是特朗德自己打的，論文的內容根本**不值一哂**？」

「正是這個意思。」福爾摩斯道，「因為論文的內容**非常專業**，必須通過精密的計算

才能考究出結果，不是一般人能看得懂。我估計特朗德知道自己的論文不合格，於是豪賭一鋪，作出以下決定。」

①在**4月4日**晚上，即是日環食出現的前一晚，攀上3樓這個研究室，打爛窗戶的玻璃，走進來假裝爆竊，偷走望遠鏡和鋼筆作掩飾，又偷走自己那份不合格的論文和其他學生一兩份論文當作模仿的藍本。

②然後，於**4月5日**趕到巨石陣附近，殺死艾文的愛犬寶兒和艾文教授，並把艾文的屍體搬到壕溝中，製造失足意外矇騙警方。之後，又把寶兒的屍體搬到別的地方埋葬，製造寶兒自行失蹤的假象。

③接着，他連夜趕回家，模仿其他學生的論文，寫出一份表面上看來很專業的論文，並自行評為90分。

④第二天，即是**4月6日**，他躲在這個大樓的暗處等待，看見黛絲出現時，就訛稱要向教授報告觀測日環食的結果，並隨黛絲進入這個房間。當黛絲發現玻璃窗被打爛，走去校務處報告時，他就把那份90分的論文，和偷來當作模仿藍本的論文放回箱子裏。

「我明白了。特朗德估計殺死教授後，校務處會按論文的評分發出畢業許可。因為，他知道校務處的人也不會看得出論文**造假**。」華生感歎，「他這一招真厲害，簡直就是神不知鬼不覺的**偷龍轉鳳**。」

「是的，這確是高招。」福爾摩斯說，「但也有極大風險，如果有人**識破**這份論文造假，它反過來就會變成**罪證**了。」

「那麼，我們馬上找系主任**亨特教授**驗證一下吧，他一定分得出這份論文的真偽。」黛絲急不及待地提議。

「好的。」華生說，「不過，我有一點仍不明白。對特朗德來說，能否畢業真的那麼重要嗎？他出身**貴族**，根本**不愁衣食**，犯不住

為了偷換畢業論文而殺人啊。」

　　「**殺人動機**確是一個疑問，但只要證實這篇論文是偽造的，就可以把特朗德拘捕，到時就可向他問個清楚了。」福爾摩斯說，「我們馬上先去找亨特教授吧。」

　　這時，福爾摩斯他們還未知道，兇手殺人的動機原來簡單得叫人**聞之心寒**，而人性的醜惡竟然也**赤裸裸**得超乎他們的想像！

環食帶的秘密

「這論文寫得非常好，運算方法和圖表都很準確。」**胖墩墩**的亨特教授放下看完的論文，以非常肯定的語氣說。

「什麼？」這評語對福爾摩斯來說有如**晴天霹靂**，完全出乎他的意料之外。當然，華生和黛絲也呆在當場。

環食帶的秘密

「不僅如此，這論文對天體運行的軌跡運算，與頂尖的天文學家相比也不遑多讓。」亨特教授繼續讚歎，「艾文教授打90分一點也不過分，要是我來打的話，還會打95分呢。」

「唔……這麼厲害嗎……？」福爾摩斯沉思片刻後問道，「那麼，以一個大學生的水平來說，這份論文是否寫得太過出色了呢？」

「確實是太過出色了。」亨特教授點點頭說，「但大學裏每隔數年都會出現一兩位天才型的學生，偶有出人意表的表現也不奇怪啊。」

「可以把這位學生召來查問一下嗎？我們懷疑他與艾文教授之死有關。」福爾摩斯把他的推論一一道出，亨特教授聞言後非常震驚，加上他對特朗德的花花公子傳言也略有所聞，於是，就馬上叫校務處派人到特朗德的家把他叫來。

個多小時後，風度翩翩的特朗德已出現在亨特教授的研究室中。為免打草驚蛇，福爾摩斯三人則躲在研究室的內房中，悄悄地偷聽兩人的對話。

「我正在審閱艾文教授對 畢業論文 的評分，你得到的評分很高呢。」亨特教授說。

「啊，是嗎？那太好了。那篇論文我花了很多時間寫的，可惜艾文教授意外身亡，要是能親自聽到他的評語就好了。」特朗德裝出一臉哀傷的樣子說。

接着，兩人 東拉西扯 地談起艾文教授的一些往事，足足談了半個小時。特朗德很會說話，福爾摩斯在內房靜心地聽着，也完全聽不出什麼 破綻 。

最後，特朗德要起身告辭了，亨特教授才不經意地問：「對了，上星期出現的那次日環食，你沒有錯過吧？」當然，這是福爾摩斯預設好的問題，想看看特朗德是否於案發時真的在家中後院觀測日環食。因為，只要證實他沒說謊，他就有不在兇案現場的證據了。

這時，特朗德好像早有準備似的，不慌不忙地從口袋中掏出一張觀測圖，說：「那是百

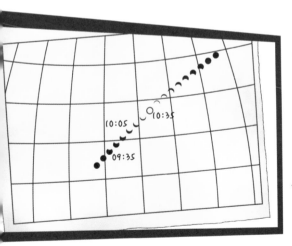

年難得一遇的奇景，我身為天文學系的學生，當然不會錯過。這是我的觀測記錄，本來是想向艾文教授報告的，沒想到他遇上了意外，也用不着了。」

亨特教授接過觀測圖，仔細地看了看，說：「可以把這張圖借給我嗎？我正在搜集這次日環食的**數據**，給低年級的學生參考。」

「可以呀，請隨便拿去用吧。」特朗德有禮地說，「沒其他事情的話，我告辭了。」說完，他就起身告辭而去了。

待特朗德走遠後，福爾摩斯趕忙從內房出來，向亨特教授問道：「那張

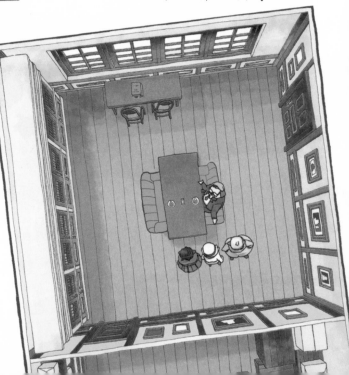

觀測圖的記錄正確嗎？」

「當天我也在**巨石陣**5哩外的地方觀測日環食，這記錄跟我的觀測相差無幾。」亨特教授說，「除非這張圖是抄人家的吧，否則他沒說謊，案發時他真的在看**日環食**。」

「真的嗎？」福爾摩斯和華生都感到非常失望。

「原來是我多疑了……」黛絲語帶歉意地說，「還以為他在**家中後院**看日環食是假的。」

聞言，亨特教授眉頭一皺，問道：「**什麼？你說什麼？家中後院？**」

「怎麼了？」福爾摩斯反問，「家中後院有什麼特別？」

「不可能呀。」亨特教授說，「我雖然不知道特朗德住在什麼地方，但剛才校務處的人花了一個小時就能把他召來，就是說，他的住所距離這裏只有**半個小時**的路程，在家中後院根本不可能看到日環食啊！」

「什麼意思？」福爾摩斯知道**事不尋常**，於是緊張地問。

「上星期出現的日環食有點特別，它的環食

帶非常狹窄，**能看到日環食的帶寬只有大約30哩。**」亨特教授生怕福爾摩斯三人不明白，立即取來兩張白紙，在紙上分別繪了一個地球和一幅英倫地圖。

「橫過地球中間那條就是**環食帶**，它最接近倫敦的地方最少也相距**60哩**，而最佳的觀測地點是**巨石陣**附近10哩內的範圍，所以我和艾文教授才會分別去那附近觀測日環食

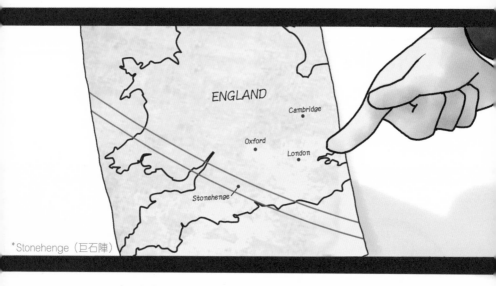

*Stonehenge（巨石陣）

啊。」亨特教授指着手繪圖說，「但特朗德的家距離這裏只有半小時路程，就是說，**他的家根本就不在環食帶之內，他在後院絕不可能看到日環食！**」

「啊！這麼說的話，特朗德是**說謊**了。」黛絲激動地說，「他根本沒有在後院看日環食。」

「但撒這樣的謊，很容易**穿幫**

啊。」亨特感到疑惑地說，「他不會這麼愚蠢吧？」

「這倒很難說。」福爾摩斯說，「他平常是個懶散的學生，可能根本對日食的理論認識不深。此外，他當天一定真的看到了日環食，所以就天真地以為，在倫敦也可以看到相同的景象。因為，不管我們身在何方，只要抬起頭來，每天都可以看到同一個太陽和月亮嘛。」

聞言，亨特連忙把特朗德的觀測圖再看一遍，說：「他這幅觀測圖的數據和我的相差無幾，證明他也是非常接近最佳的觀測點進行觀測！」

「這不就是說，他也在巨石陣附近嗎？」華生問。

「嘿嘿嘿。沒錯，這證明他也在 巨石陣 附近。不過，一個企圖殺人的傢伙不可能有閒情繪下日環食的觀測記錄。」

「那麼，這是誰的 觀測圖 ？」黛絲問。

「你不是說過嗎？兇案現場的遺物中並沒有發現艾文教授的觀測記錄，我估計特朗德在教授完成觀測後才殺了教授，並取走他的觀測圖，然後照樣複製了一張，製造出曾經在後院觀測日環食的 證據 。」

「如果他真的這樣做，也實在太過 無恥 了！」亨特教授怒道。

　　「對，他確是個無恥之徒。但這也好，因為他的這張觀測圖，反而成為了我們指控他的證據！」福爾摩斯眼底閃過一下寒光，「看來，是時候通知蘇格蘭場把他抓起來問話了。黛絲小姐，你等我們的好消息吧。我和華生一定會把那傢伙繩之以法的！」

日環食觀測圖

　　蘇格蘭場的李大猩和狐格森接報後，馬上把特朗德拘捕，並與福爾摩斯和華生一起，在警局的拘留室中向他進行審問。

「**快從實招來！**」李大猩喝道，「我們懷疑你與艾文教授的命案有關，你在4月5日那一天究竟在哪裏？」

「那一天不就是**日環食**出現的日子嗎？我在家中後院看日環食呀。」特朗德說，「不信的話，可以去問問倫敦大學的亨特教授，我還把**觀測圖**借了給他呢。」

「嘿嘿嘿，你說的是這張嗎？」狐格森把觀測圖放在桌上，冷冷地問道。

「啊⋯⋯」特朗德的臉上閃過一下**驚愕**，但馬上鎮靜下來，「這張觀測圖怎會在你們手上的？」

「這個你不用管！總之你看清楚，觀測圖是不是你的？」李大猩喝問。

特朗德盯着觀測圖，但眼神**游移不定**，看來正在思索什麼答案對自己最

有利。最後，他開口答道：「這幅圖確實是我的。」

「沒看錯嗎？真的是你的？」李大猩再三確認。

「沒錯，是我的。」

「嘿嘿嘿，你這個答案正合我意。」李大猩冷笑了一下，突然厲聲喝道，「**傻瓜！**圖是你的，就證明你沒在家！因為**你家的位置根本就不在環食帶之內！**」

「環食帶？」特朗德赫然一驚。他的眼珠子激烈地游移了一下，但突然又停下來，似乎已想通了什麼。

「怎麼了？我問你！你究竟在什麼地方看到**日環食**？」李大猩催問。

這時，福爾摩斯等人都狠狠地盯着特朗德，

等待他說出一個足以決定他生死的回答！

「你指⋯⋯我在後院不可能看到日環食嗎？」特朗德淡然一笑，**泰然自若**地說，「是呀，因為我當天根本就沒有看日環食嘛。」

「什麼？」福爾摩斯大吃一驚，「那麼，你為何會有這張日環食的**觀測圖**？」

「嘿嘿嘿，這還不簡單嗎？」特朗德的嘴角翹起勝利的微笑，「大學的**天文學會**已把觀

測圖貼在 壁報板 上了，任誰都可以照樣抄一份啊。」

「啊……」聽到特朗德這樣說，眾人都感到非常意外，一時間也不懂得如何反應。

「如果你沒有 **不可告人的目的**，為什麼要抄一份觀測圖來騙人？」福爾摩斯反應最快，馬上回過神來追問。

「炫耀呀。」特朗德 不慌不忙 地答道，

「在教授面前炫耀一下自己，感覺很**爽**啊。而且，把觀測圖帶在身上，就可以隨時隨地給女孩子看，讓她們知道我是個天文學系的**高材生**，感覺就更爽了。」

「用這種手段騙人，你不覺得羞恥嗎？」狐格森看不過眼，以責難的語氣質問。

「羞恥嗎……？」特朗德**裝模作樣**地想了想，「被你們識破了，確是有一點羞愧，證明我的**道行**未夠呢。」

「什麼？」狐格森沒想到竟然有這麼**厚顏無恥**的人。

特朗德知道大家對他無可奈何，更理直氣壯地說：「向教授和女孩子們說說謊，炫耀一下自己，不算是**犯罪**吧？你們沒有權拘留我啊。我可以走了吧？」

「你！」李大猩被氣得<ruby>七孔生煙<rt>　　　　</rt></ruby>，但又無從辯駁。

「你沒有看日環食的話，那麼，你當時在什麼地方？」福爾摩斯**出其不意**地追問，來個**攻其無備**。

「獨個兒在家中睡覺呀。」特朗德想也沒想就回答，並沒有被大偵探的突襲擊倒。

「有人能證明嗎？」華生插嘴問。

「沒有啊。」特朗德**聳聳肩**說，「難道沒有人證，就能把我當作與艾文教授的死有關嗎？你

們睡覺的時候，難道都會有保姆看着嗎？」

「什麼？」李大猩大怒，「這裏是蘇格蘭場，不容你用這種態度說話！」

「呵呵呵，我說錯話了嗎？」特朗德毫不害怕地說，「我只是指出不合理的地方罷了，沒有惡意的啊。」

「你——！」李大猩和狐格森被氣得滿臉通紅，但又不懂如何還擊。

華生看看福爾摩斯，發覺他罕有地眉頭緊鎖，看來也無從入手。

「嘿嘿嘿，聽說艾文教授是自己不小心失足跌死的，作為他的學生，我也很悲傷啊。」特朗德語出嘲諷地說，「我可是名門望族出身，與你們這些良莠不齊的平民百姓可不同啊。貴族是不會作奸犯科的，不要把好人當

作壞人啊。」

　　「哼！做人不要太囂張啊。」一向沉着的福爾摩斯也罕有地被惹怒了，他逼近特朗德說，「我一定會找到證據釘死你的！」

「你慢慢找吧，我等着。」說完，特朗德站起來，再以輕蔑的眼神環視了一下眾人，然後吐出「嘖」的一聲，施施然地離開了。

「豈有此理，這傢伙實在太囂張了！」李大猩**悻悻然**地說，「看他那副**不可一世**的態度，就知道他是兇手！可惜我們沒有實證。」

「我也太大意了，以為用那張觀測圖來證明他說謊，就可以脅逼他供出真相，沒想到他竟然對說謊一事**直認不諱**，並以此**反守為攻**，殺我們一個措手不及。」福爾摩斯說。

「那怎麼辦？」華生問，「難道就讓他**逍遙法外**嗎？」

「嘿嘿嘿，不必這麼氣餒。」福爾摩斯成竹

在胸地一笑，「我們還有一張**皇牌**在手，只要把它翻開，一定可以釘死他。」

「皇牌？什麼皇牌？」李大猩緊張地問。

「就是那篇考究2017年日全食的論文！」

福爾摩斯眼底閃過一下寒光，「只要拿去化驗一下，採集出印在論文上的**指紋**，真相就會暴露在太陽底下！」

77

「什麼意思？與指紋有甚麼關係？」華生不明所以，「我們雖然不知道他為何能寫出這麼高水平的論文，但論文是他**偷龍轉鳳**放到教授的研究室裏的，上面一定印上了他的指紋呀。」

「嘿嘿嘿，還不明白嗎？」福爾摩斯狡點地一笑，「我說的不是他的指紋，而是**艾文教授的指紋**呀。」

華生想了想，終於恍然大悟地喊道：「**原來如此，我明白了！**」

可是，蘇格蘭場孖寶仍然摸不着頭腦，兩人雙手抱胸低頭想了許久，才「**啊**」的一聲抬起頭來，終於明白福爾摩斯的意思！

（各位讀者：你們又明白福爾摩斯在說什麼嗎？）

論文上的證據

幾個小時後，採集**指紋**的結果出來了。一如所料，論文是特朗德寫的，上面印滿了他的指紋。此外，由於福爾摩斯和亨特教授也碰過這篇論文，所以也驗出了兩人的指紋。可是，**死者艾文教授的指紋卻一個也找不到。**

「完全沒有艾文教授的指紋呢。」華生興奮地說。

「這證明艾文教授根本沒有碰過這篇論文，那個 <u>90分</u> 肯定不是他打的。」福爾摩斯說，「那麼，特朗德那篇應該印有教授指紋的論文去

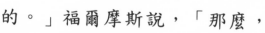

了哪裏呢?不用說,一定是被特朗德自己換走了。因為,只有他才有偷換論文的**動機**。而且,被換上的90分論文又印滿了他的指紋,這也可證明**偷龍轉鳳**的正是他。」

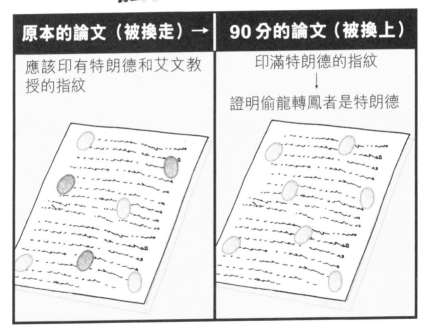

原本的論文(被換走)→	90分的論文(被換上)
應該印有特朗德和艾文教授的指紋	印滿特朗德的指紋 ↓ 證明偷龍轉鳳者是特朗德

「對!而且90分的論文上沒有艾文教授的指紋,這證明了**論文是艾文教授死後才被換上的**。」華生說。

「沒錯，如果艾文教授沒死的話，他一定會發覺論文被換了。那麼，**偷龍轉鳳**就毫無意義了。」福爾摩斯分析，「從這一點推論，也可知道90分的論文一定是教授死後才被換上的。」

「這樣說的話，換上90分論文的人，也就是殺死艾文教授的兇手了！」李大猩興奮得**磨拳擦掌**，「那個自稱**名門望族**的傢伙，看來快要享受一下平民百姓的牢獄滋味了。」

「好！我們馬上把他抓回來！」狐格森也癢得**咬牙切齒**，「這次一定要好好教訓他一下！」

當四人步出警局，正要登上馬車執行拘捕行動時，一個聲音突然在他們身後響起。

「*福爾摩斯先生！等一等！*」

他們轉頭一看，只見黛絲**氣喘吁吁**地走來。伴隨着她的，還有一隻頭上包着繃帶的**大狼狗**。

「黛絲，你怎麼來了？」華生驚訝地問。

「因為……因為寶兒……寶兒牠回來了！」黛絲上氣不接下氣地說。

「**啊！這隻狼狗就是寶兒嗎？**」福爾摩斯瞪大了眼。

「是！牠就是寶兒。」黛絲激動地說，「你們走後，我回到艾文教授的研究室待了一會，正當要離開時，就碰到寶兒衝進來了。」

福爾摩斯連忙蹲下來，檢視了一下寶兒頭上的**繃帶**，說：「牠曾經受傷，而且傷勢還未完全復完。唔……看來我得調整一下先前的**推論**了。」

「調整先前的推論？」華生問。

「對。」福爾摩斯站起來道，「我原先估計兇手在殺死寶兒後，會找個地方把牠**埋掉**。可

是，不知什麼原因，寶兒卻在遇襲後負傷逃離現場，並遇上好心人照顧牠，為牠包紮傷口。當牠恢復體力後，就花了幾天時間，從**巨石陣**那邊跑回來了。」

「牠是要回來向我們**通風報信**！」黛絲已激動得兩眼通紅，「叫我們去找出兇手為艾文教授**報仇**！」

「真是好一隻**忠犬**啊！」狐格森感動地說，「一隻狗尚且如此忠心，身為學生的特朗

德竟然為了論文的成績而殺死自己的老師，簡直連**禽獸**也不如啊！」

「對！那傢伙簡直連畜生也不如！」李大猩**怒髮衝冠**，

「不過寶兒來得正好，可以與我們一起去找特朗德，把他**緝捕歸案**！」

當到達特朗德的家後，福爾摩斯為防特朗德又以巧言耍花招，於是吩咐黛絲與寶兒一起在門外等候，留下寶兒這張皇牌作為最後的殺着。

「怎麼又來了？難道這麼快就找到新證據了？」特朗德看到福爾摩斯等人再次出現，眼神雖然閃過一下疑惑，但立即就鎮靜下來。

「嘿嘿嘿，我們這些平民百姓做事講求效率，不像你們這些名門望族那樣活得那麼悠

閒啊。」福爾摩斯語帶譏諷地說。

「閒話少說，有證據的話，就拿出來看看。」特朗德似乎看出了**事不尋常**，已有點沉不住氣了。

「哇哈哈！夠爽快，想不到有人想趕着去坐牢呢！」李大猩大聲道，「這就是證據！而且還是你親手寫的呢！」說完，他把手中的論文本子在空中揚了揚。

「我的論文？」特朗德**慄然一驚**，「我的論文跟艾文教授的命案有何關係？」

「嘿嘿嘿，本來你的犯罪非常完美，只可惜**百密一疏**，忘記了偷龍轉鳳之後，換上的論文缺少了艾文教授的指紋。」福爾摩斯道，「這足以證明論文是教授死後才放到研究室裏去的，而**換論文的人是你，兇手也是你！**」

聽到福爾摩斯這樣說，特朗德的臉色刷地變白，他的眼珠子不斷地游移，看來正在快速地思索**解脫**的方法。

「怎樣？貴族先生，你無從**辯駁**吧？」狐格森乘勢追逼。

「嘿嘿嘿。對，你們都對。」低頭思索了一會後，特朗德已回復冷靜，嘴角又再泛起*勝利的微笑*，「沒錯，論文是我換的，那又怎樣？」

「還用說嗎？」李大猩怒喝，「論文是你換的，證明你就是殺人兇手！」

「嘿嘿嘿，太過誇張了。換論文只算是作弊，最多被開除學籍，又怎會與殺人扯上關係？而且，那篇論文還是艾文教授讓我重寫的呢。」特朗德不徐不疾地說道，「個多星期前，艾文教授指我最初寫的畢業論文不合格，並把那篇論文發還給我，又說如果不重新寫一篇的話，就不能畢業了。於是，我就重新寫了

一篇。在研究室門口碰到黛絲那一天，正是我約好教授提交**新論文**的日子。我發覺教授不在，就自己把論文放到那個裝載論文的箱子裏去了。」

眾人沒想到特朗德竟能想出這種**狡辯**，又一次呆在當場。

「我的解釋很合乎**邏輯**吧？」特朗德得勢不饒人，「你們的所謂證據，真是笑話啊，以為這樣就能把人**入罪**嗎？」

「確實頗為合乎邏輯，但有一點我卻不太明白。」福爾摩斯提出質疑，「一份艾文教授還沒有機會看的論文，又怎會打上了**90分**呢？難道那是教授的鬼魂打的分？」

「啊……你說分數嗎？」特朗德想了想，「嘿嘿嘿，福爾摩斯先生果然屬害，問得很刁鑽呢。其實，那個分數是艾文教授讓我自己打的。他說要考考我如何為自己 評分 ，就叫我為論文寫上分數。他可能是想試探一下我是否老實吧。」

「豈有此理！這簡直是狡辯！艾文教授怎會對評分這麼兒戲！」李大猩氣極怒罵。

「他確實是這樣要求我的啊。」特朗德聳聳肩，「可惜他已死了，否則你們可以問問他呢。」

「你！」李大猩氣得說不出話來。

華生暗忖，這個特朗德實在太厲害了，竟可**一而再再而三**地把對自己不利的證據一一駁倒。雖然他的辯解有點牽強，但也非完全沒有道理。而且，他懂得充分利用**死無對證**這一點來把自己的辯解做到**滴水不漏**，令福爾摩斯也攻無可攻。

「又要你們白走一趟了，真不好意思啊。」特朗德假惺惺地說，「為了表示我對你們**鍥而不捨**的敬意，就讓我送你們出門口吧。」說着，他已逕自往大門口走去。

福爾摩斯向華生遞了個眼色。華生知道，老搭檔最後一張**皇牌**要出動了。因為，只要特朗德步出門口，寶兒一定會認出他就是襲擊自己和殺死主人的兇手！

忠犬吠日

「再見。」特朗德把四人送出門口後，**得意揚揚**地揮揮手說，「要是再找到新證據的話，歡迎隨時來指教啊！哈哈哈！」

就在這時，突然響起了「**汪汪汪**」的吠聲。

特朗德大吃一驚，轉頭往吠聲來處看去，當他看到寶兒正在向他**狂吠**後，嚇得連退幾步。

「你認得這隻狼狗吧？」福爾摩斯冷冷地說，「牠似乎也認得你呢。」

「我⋯⋯我不知道你說什麼⋯⋯」特朗德驚恐萬分，但仍然**垂死掙扎**，「我不認識牠⋯⋯你們快把牠帶走⋯⋯狗又不會說話，你們不能對我怎樣⋯⋯牠只是一隻亂吠的**瘋狗**罷了。」

「**你說謊！**」黛絲怒喝，「寶兒是一隻非常溫馴的狗，牠平常絕不會吠人，你一定是做了壞事，牠才會向你狂吠！」

「不，特朗德先生是對的。」福爾摩斯舉起手，制止黛絲說下去，「寶兒不是人，不能說話**作證**，我們確實不能對特朗德先生怎樣。」

「你⋯⋯明白就好了。快⋯⋯快把牠帶走！」特朗德指着仍在向他**狂吠**的寶兒說。

「嘿嘿嘿，我還沒說完呢。」福爾摩斯冷

然一笑,「**牠雖然不能說話,但並不代表牠不可以表態啊。**」

「甚麼意思?」特朗德的眼神充滿驚恐。

「他問我們什麼意思呢。」福爾摩斯向李大猩等人問道,「你們說,我應該怎樣回答?」

「嘿嘿嘿,**怨有頭債有主**,這個輪不到我們回答啊。」李大猩看到特朗德如此害怕,開心得吃吃笑,「**還是由寶兒自己決定吧。**」

「**汪！汪！汪！**」寶兒彷彿聽懂了似的，吠聲比之前更響亮了。

「看，寶兒似乎很想<u>表態</u>呢。」狐格森也聳聳肩，故作輕鬆地說，「就由寶兒自己決定吧。」

「你們究竟……究竟想怎樣？」特朗德**大驚失色**。

福爾摩斯沒理會他，只是向黛絲遞了個**眼色**，揚一揚手說：「黛絲小姐，你拉着拚命狂吠的寶兒，一定已拉得累

了，不如休息一會兒吧。」

「我明白。」黛絲點點頭，手上的**狗繩**突然一鬆，說時遲那時快，寶兒已如**脫韁**的**野馬**般飛竄而出，撲向特朗德。

「**哇呀！**」特朗德慘叫一聲，已被寶兒撲倒在地。寶兒趁機發狂地向特朗德的手腳亂咬，正當牠要咬向仇人的**喉頭**時，卻一把被福爾摩斯拉住了。

「怎樣？寶兒已表態了，你還想**狡辯**下去

嗎？」福爾摩斯說，「想狡辯也可以啊，但別忘記寶兒聽不懂人話，你說什麼也沒用，牠只會以**行動**來回應你。」

「汪！」寶兒的利齒又逼近仇人的喉頭。

「**不！不要鬆手呀！我說了！我說了！**」特朗德大聲哀求，「教授是我殺死的，你把狼狗拉開吧。」

「哼！我怎知道你會不會**反口**，除非你可

以提供保命的**證據**吧。」福爾摩斯道。

「證據都在我書房裏，你們打開書桌的抽屜就會找到了！」

聞言，李大猩和狐格森馬上奔往書房，找到了一本厚厚的**日食研究筆記**，照筆跡看，那是屬於艾文教授的。筆記上，竟詳細地算出之後一百多年的**日全食**、**日環食**和**日偏食**出現的年月日和觀測這些天文現象的最佳地點！

據特朗德的自白，他那篇90分的論文其實就是根據這本筆記簿的預測而寫成的。爆竊當晚，他本想只看看論文的評分，但一看之下

就氣炸了，因為評分竟是0！但同時又看到了那本筆記簿，而本子上已詳細運算出2017年的日全食經過。此外，艾文教授把觀測日環食的地點也寫在本子上。於是，他逼向膽邊生，想出了把論文偷龍轉鳳和殺人滅口的

計劃，因為他自小已萬千寵愛在一身，又深受

女孩子的仰慕，不能忍受0分的恥辱。

他在 **巨石陣** 找到教授後，先用木棒把他

的愛犬寶兒擊倒，然後待教授走近時

再向他施襲，並撕走筆記本上的那張

日環食觀測記錄圖。然後，他把教授的屍

體搬到壕溝裏，在教授身旁的石頭上塗上他的

血，製造出他 **失足撞頭** 致死的 **假象**。

可是，當他回頭想處理**寶兒**的屍體時，卻發現牠不見了。於是，只好匆匆忙忙逃回倫敦，連夜寫好論文，第二天趁黛絲去通知校務處研究室遭爆竊時，把論文放回**論文箱子**中。此後的事情，一如福爾摩斯所料般發生。

完成調查後，福爾摩斯、華生、黛絲和寶兒走到街上，剛好迎來了**夕陽**。

「沒想到艾文教授竟有這樣一本研究筆記，連你也不知道呢。」華生向黛絲說。

「是的，我也沒想到這一點。」黛絲說。

「研究筆記是科學家的命根子，不會輕易給人看。你不知道並不奇怪，奇怪的是，竟然給特朗德找到了。」福爾摩斯說，「看來，是艾文教授急於去看日環食，一時大意沒有把筆記收好吧。」

「真是陰差陽錯啊，要是特朗德沒看到那本筆記的話，說不定就不會想出那個殺人計劃了。」華生慨歎。

「是啊。」福爾摩斯說，「不過，特朗德的內心已腐敗了，這次不出事，下一次也會出事。但最諷刺的是，他竟然把艾文教授的日環食觀察圖據為己有，抄繪一張來證明自己

在家中後院看日環食，當作不在兇案現場的證據，結果引發我們的調查。」

「福爾摩斯先生，這次全靠你才能破案，真的非常感謝你。」黛絲說。

「不用客氣，其實破案的關鍵是你對命案的**執着**。不然，根本沒有人會留意這起命案，特朗德可能一直**逍遙法外**呢。」

「**不，最執着的是寶兒。**」黛絲憐惜地摸摸寶兒的頭，「要不是牠狂奔100多哩趕回來，我們也無法逼使特朗德**認罪**。」

「哈哈哈，福爾摩斯，說起執着，令我忽然想起你的**星座**呢。」華生笑道。

「我的星座？」

「對，你不是**山羊座**嗎？根據雜誌上的星座測性格專欄說，這個星座的人都具有**偏執狂**的特質，沒有你那近乎偏執的*鍥而不捨*的追查，也破不了這案子啊。」

「福爾摩斯先生是山羊座的嗎？我也是啊。」黛絲有點腼腆地說，「原來我也是偏執狂呢。」

「哈哈哈！你不要聽華生**胡謅**。我才不信什麼星座測性格的玩意呢。」福爾摩斯指着赤紅如血的夕陽笑道，「就像日食那樣，光明只會被暫時掩蓋，最終**陽光**都會照亮大地，世上所有罪犯也必定會在太陽底下**原形畢露**。所

謂**天網恢恢，疏而不漏**，就是這個意思啊！」

汪汪汪汪！汪汪汪汪！汪汪汪汪！

寶兒彷彿聽懂了這番說話似的，突然向太陽吠叫起來。那吠聲好像在向太陽**道謝**，也好像在向**在天之靈**的主人作出最後的**哀悼**……

忠犬吠日

註：本故事中出現的日環食純屬虛構。在福爾摩斯活躍的年代中，英國從未被環食帶所覆蓋。所以，當時在巨石陣附近是不可能看到日環食的。

日全食和日環食

　　大家都知道，月球圍繞地球運行，而地球又圍繞太陽運行，當三者運行到某個位置，都在同一條直線上時，由於月球處於太陽與地球的中間，從地球上看來，月球會不同程度地把太陽遮蓋，故此，就會出現日全食、日環食或日偏食的天文現象了。*

　　但月球這麼小，太陽又這麼大，月球又怎能遮蓋太陽呢？這是由於太陽距離地球很遠，而月球距離地球則比較近，在地球上看的話，太陽和月球的大小相差不大。所以，細小的月球也足以遮蓋整個太陽，形成日全食。

日全食

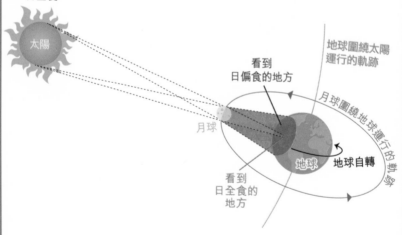

太陽

月球

看到
日偏食的地方

看到
日全食的
地方

地球

地球自轉

地球圍繞太陽
運行的軌跡

月球圍繞地球運行的軌跡

（*註：由於月球繞地球運行的軌道與地球繞太陽運行的軌道的角度並非完全一致，所以並非每次都會出現日食。）

科學小知識

　　不過，由於月球圍繞地球轉圈時，是在一個橢圓形的軌跡上運行，故此它與地球的距離並非一成不變。有時，月球會離地球遠一點，在地球上看來，月球就比太陽細小。在這種情況下，當月球與太陽成一直線重疊時，由於月球不能完全遮蓋太陽，在地球上看來，天空中就會出現一個光環，形成日環食了。

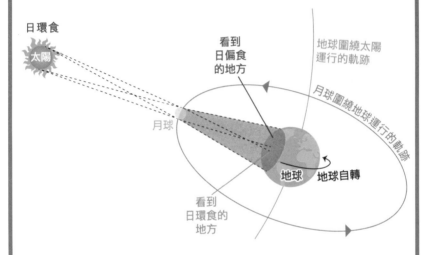

日環食
太陽
月球
看到日偏食的地方
看到日環食的地方
地球
地球自轉
地球圍繞太陽運行的軌跡
月球圍繞地球運行的軌跡

全食帶或環食帶
帶寬

　　有時，由於太陽、月球、地球三者的距離關係，全食帶或環食帶（地球上能夠看到日全食或日環食的地方）的帶寬（全食帶或環食帶上下的寬度）非常狹窄，超出這個帶寬的地方，就不能看到日全食或日環食了。例如2017年2月26日於南美出現的環食帶，最狹窄的帶寬只有大約31公里而已。而本故事的破案關鍵，就是根據這個天文現象創作出來的。

科學小知識

為什麼不能每個月都看到日食或月食？

　　地球圍繞太陽運行一圈約需一年，而月球圍繞地球運行一圈則只需約一個月，按道理每個月至少會發生一次「太陽－月球－地球」或「太陽－地球－月球」排成一條直線的時候。如果真的是這樣，那麼每個月至少也會出現一次月食和日食。可是，實際情況卻並非如此。那麼，究竟是什麼緣故呢？

　　原來，月球圍繞地球運行的軌道與地球圍繞太陽運行的軌道有5.15°的偏差（圖1及圖2），所以就算「太陽－月球－地球」或「太陽－地球－月球」排成一列時，月球也不一定會遮蓋太陽（形成日食），地球的影子也不一定會落在月球上（形成月食）。

圖1

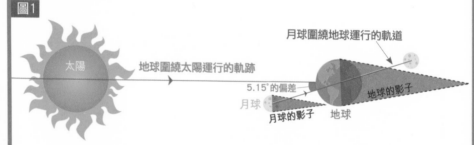

月球圍繞地球運行的軌道

地球圍繞太陽運行的軌跡

太陽

5.15°的偏差

月球

地球的影子

月球的影子　　地球

　　單看圖1可能不易理解，但從不同角度看看兩條不同的運行軌道，相信就會明白圖1的意思了。

圖2

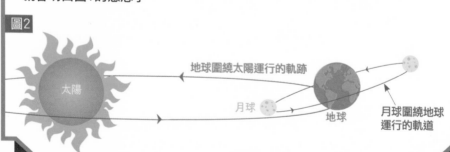

地球圍繞太陽運行的軌跡

太陽

月球

地球

月球圍繞地球運行的軌道

巨石陣

　　本集小說中出現的兇案現場「巨石陣」（Stonehenge），位於英國南部的威爾特郡索爾茲伯平原上，距離倫敦西面約100多公里。它外圍是個圓形的壕溝，直徑約90米，內裏則矗立着四重巨石，全部以環狀排列，形成四個巨大的石圈，景象非常壯觀。而且，每年夏至的那一天，當旭日東升時，陽光都會照進巨石陣中央的巨大拱門（俗稱「三石塔」）之中，彷彿古代人在建造這個「陣」時，對天體運行已有相當認識。所以，也有學者把巨石陣視作研究古代天文學的重要遺跡。本集故事把純屬虛構的觀測日環食的場景放在這裏，也就是這個緣故。

　　不過，考古學家普遍認為，充滿神秘色彩的巨石陣其實是古代神殿（用作祭祀的地方）的遺跡，與古代人的太陽崇拜或月亮崇拜有關。

圍着巨石陣的壕溝。

巨石陣現在已成為英國最著名的旅遊景點之一。

福爾摩斯科學小實驗
自製 日環食觀測器

今集的日環食很有趣啊！

日環食不常看到，但可以自製觀測器來做一個模擬觀測的實驗呢！

①

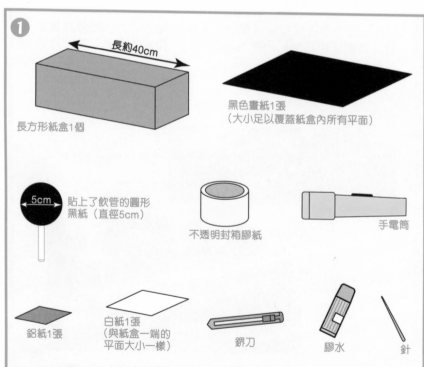

長約40cm

長方形紙盒1個

黑色畫紙1張
（大小足以覆蓋紙盒內所有平面）

5cm 貼上了飲管的圓形黑紙（直徑5cm）

不透明封箱膠紙

手電筒

鋁紙1張

白紙1張
（與紙盒一端的平面大小一樣）

鎅刀

膠水

針

請準備以上物品。

膠水

黑色畫紙

在紙盒內部貼上黑色畫紙。

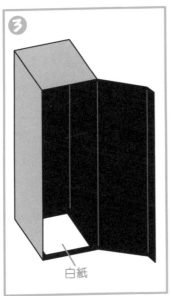

白紙

在紙盒其中一端內貼上
白紙當作屏幕。

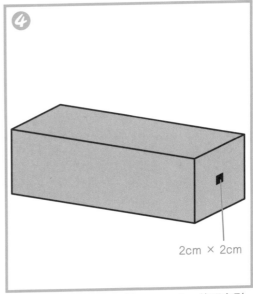

2cm × 2cm

在紙盒另一端開一個2cm × 2cm的正方形
洞口,如紙盒邊緣透光,請貼上封箱膠紙。

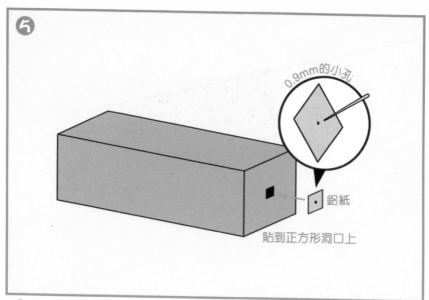

0.9mm的小孔

鋁紙

貼到正方形洞口上

 在正方形洞口上貼上鋁紙,並用針在鋁紙上刺一個直徑約0.9mm的小孔。

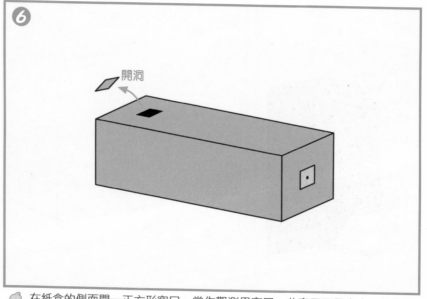

開洞

 在紙盒的側面開一正方形窗口,當作觀測用窗口。此窗口不用太大,能夠看到底部的白紙即可。

⑦

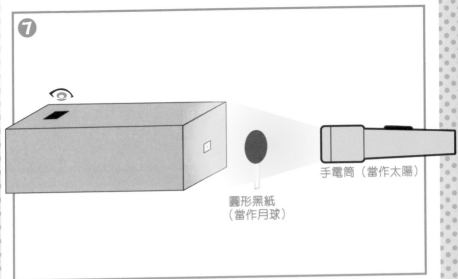

手電筒（當作太陽）

圓形黑紙
（當作月球）

 亮起手電筒照向鋁紙上的針孔，把圓形黑紙當作月球，置於手電筒與紙盒中間，一邊調節黑紙月球與太陽的距離和位置，一邊透過窗口觀測日食。為方便觀測，請在陰暗的室內進行此實驗。

⑧

模擬日食的過程

月球開始遮蔽太陽（日偏食）

月球在太陽的正中（日環食）

 在紙盒底部的白紙屏幕上，可以看到日偏食和日環食。

如果天空真的出現日食現象，大家還可以用這個觀測器來觀測真正的日食呢！只要把紙盒的鋁紙針孔對正太陽，然後通過紙盒上的窗口觀測白紙屏幕上的影像，就能看到日食出現的過程了。不過，大家必須緊記，切勿用肉眼直接望向太陽啊！

太陽①

你在看什麼？

看日食。

日食？那是什麼？

月亮擋住太陽，令天空變黑的現象。

有何稀奇？

這樣就什麼也變黑啦！

太陽②

夏天日照時間長，冬天則日照短。

早知啦。

這與太陽有關。

早知啦。

真的？説來聽聽。

與溫度有關嘛。

夏天熱則脹，冬天冷則縮嘛。

大偵探 福爾摩斯

——太陽的證詞——㊲

原著人物 / 柯南・道爾
（除主角人物相同外，本書故事全屬原創，並非改編自柯南・道爾的原著。）
小說&監製 / 厲河　　**繪畫&構圖編排** / 余遠鍠
繪畫（造景） / 李少棠　　**科學插圖** / 麥國龍　　**造景協力** / 周嘉詠
封面設計 / 陳沃龍　　**內文設計** / 麥國龍　　**編輯** / 盧冠麟、郭天寶

出版
匯識教育有限公司
香港柴灣祥利街9號祥利工業大廈2樓A室

想看《大偵探福爾摩斯》的
最新消息或發表你的意見，
請登入以下facebook專頁網址。
www.facebook.com/great.holmes

承印
天虹印刷有限公司
香港九龍新蒲崗大有街26-28號3-4樓

發行
同德書報有限公司
九龍官塘大業街34號楊耀松（第五）工業大廈地下
電話：(852)3551 3388　　傳真：(852)3551 3300

第一次印刷發行　　　　　　　　　　　　　　　2017年3月
第六次印刷發行　　　　　　　　　　　　　　　2020年7月
Text：©Lui Hok Cheung　　　　　　　　　　　翻印必究
© 2017 Rightman Publishing Ltd. All rights reserved.
未經本公司授權，不得作任何形式的公開借閱。

本刊物受國際公約及香港法律保護。嚴禁未得出版人及原作者書面同意前以任何形式或途徑(包括利用電子、機械、影印、錄音等方式)對本刊物文字(包括中文或其他語文)或插圖等作全部或部分抄襲、複製或播送，或將此刊物儲存於任何檢索庫存系統內。
又本刊物出售條件為購買者不得將本刊租賃，亦不得將原書部分分割出售。
This publication is protected by international conventions and local law. Adaptation, reproduction or transmission of text (in Chinese or other languages) or illustrations, in whole or part, in any form or by any means, electronic, mechanical, photocopying, recording or otherwise, or storage in any retrieval system of any nature without prior written permission of the publishers and author(s) is prohibited.
This publication is sold subject to the condition that it shall not be hired, rented, or otherwise let out by the purchaser, nor may it be resold except in its original form.

ISBN:978-988-77860-8-5
港幣定價 HK$60
台幣定價 NT$270

若發現本書缺頁或破損，
請致電25158787與本社聯絡。

網上選購方便快捷　　購滿$100郵費全免
詳情請登網址 www.rightman.net

大偵探福爾摩斯 逃獄大追捕 大電影漫畫版

「2019 香港兒童國際電影節」開幕電影
「第 26 屆香港電影評論學會大獎」推薦電影獎
同名電影輯錄漫畫！

上、下兩冊

專門劫富濟貧的「俠盜白旋風」馬奇，是倫敦富貴階層的眼中釘，另一方面卻是平民百姓的英雄。福爾摩斯協助蘇格蘭場警探孖寶將他捉拿歸案，但換來的是市民的冷嘲熱諷，以及「福爾摩輸」之惡名。

四年後，馬奇的女兒凱蒂正準備舉行婚禮，同時馬奇與獄中重犯刀疤熊先後越獄，倫敦即將掀起一場前所未有的大風暴……！

| 定價每冊 $68 | 郵購每冊 $58 | 一套兩冊優惠價 $100 |

《大偵探福爾摩斯》M博士外傳

第①集 黑獄風雲

第②集 復仇在我

年輕船長唐泰斯被同僚唐格拉爾和妻子的表哥費爾南誣告入獄，經歷千辛萬苦後才成功逃離黑牢。為了報仇，他化身成神甫和蘇格蘭場驗屍官桑代克，利用醉酒鬼鄰居裁縫鼠的貪婪和奸詐，成功令見死不救的裁縫鼠被警方拘捕。其後，他再接再厲，巧妙地安排兩個因財反目的仇人——唐格拉爾和費爾南——在黑霧籠罩的燈塔內困獸鬥！最後，他更伺機出擊，再次大報復！

第③集 第一滴血

★ 初版限定
隨書附送
拉頁海報！

《大偵探福爾摩斯》交通工具圖鑑

你知道……

最早的引擎巴士何時出現？

港鐵車長一天的工作是怎樣的？

有哪些船隻在香港水域內航行？

飛機餐為何不好吃？

以上問題的答案通通都能在這本書裏找到。

本書收錄了香港四種交通工具：巴士、鐵路、船及飛機，在大偵探福爾摩斯帶領下，輕鬆地認識各種交通工具的發展與轉變。此外，還收錄了多個與交通工具相關的俚語及有趣的小知識，知識與趣味並重。

香港巴士的型號與發展史

第一次世界大戰過後，香港也引入巴士了！那時馬巴士已在西方國家悄然沒落，所以一開始出現在香港的就是引擎巴士。

巴士在香港行駛了近100年！

20年代至30年代

利蘭獅子型單層巴士（Leyland Lion LT1），全長約8.3米，有36個座位。

引擎冷卻欄柵

Thornycroft的 CD4LW Cygnet 型，引擎冷卻欄柵呈橢圓形是其主要特色。

香港曾擁有多間巴士公司，除了在1933年取得專營權的九龍巴士和中華巴士外，還有香港大酒店公司、南興巴士公司、香港仔街坊福利會等。

大偵探福爾摩斯
全彩色漫畫版

第1集 吸血鬼之謎

第2集 史上最強的女敵手

第3集 驚天大劫案

第4集 逃獄大追捕

第5集 逃獄大追捕Ⅱ

第6集 美麗的兇器

第7集 幽靈的哭泣

第8集 沉默的母親

第9集 瀕死的大偵探

倫敦爆發黑死病疑雲,連福爾摩斯也感染絕症!華生為救老搭檔遍尋名醫,卻引來了疫情背後的殺人狂魔?

看漫畫學成語

特別強調對白中的四字成語,設附錄專欄詳盡講解。

另設小遊戲,輕鬆學知識!